## Nachruf Olsen

Er war … Er starb …

Wenige Texte hinterließ er, die so sehr denen eines Rainars ähnelten, dass dieser ihn, gerührt, weinend und lachend vor Glück, einen Bruder gefunden zu haben, in seinem Einmannverlag sogleich veröffentlichte.

*Olaf Olsen*, geboren 1974 in Kaiserslautern, gestorben 2006 in Klingenmünster. Erste Texte von ihm erschienen 1994 in der Anthologie *Märchens Geschichte*. Dies hier ist sein erstes eigenständiges Buch. Er hat es erschaffen. Es ist geschrieben. Es existiert für kurze Zeit in der Menschenwelt, also für alle Ewigkeit. Ebenso 2005 erschien sein zweites Werk mit dem Titel *Höllen-Fahrten-Leben-Träume*, dem die dritte Sammlung mit Kurzprosa *ES bricht hervor aus dir* 2006 folgte.

# OLAF OLSEN

# Die Meere des

# Wahnsinns

Wenn sich die Grenzen verschieben

Horror - kurz und schmerzhaft

Mit einem Vorwort

von Dr. Rainar Nitzsche

Die Deutsche Nationalbibliothek verzeichnet diese Publikation in der Deutschen Nationalbibliografie; detaillierte bibliografische Daten sind im Internet über dnb.d-nb.de abrufbar.

**Impressum**

Olaf Olsen: Die Meere des Wahnsinns

Neu gesetzte, korrigierte und aktualisierte Auflage als Taschenbuch (1. Auflage handsigniert, nummeriert, mit 23 Abbildungen von Rainar Nitzsche als Paperback: 2005 im Rainar Nitzsche Verlag / als E-Book 2017 bei Bookrix).

Lektorat und Fotokunst auf Frontcover und Titel (*Duplizität (1978 / 2005)*): Dr. Rainar Nitzsche:

Computersatz: Dr. Rainar Nitzsche

© 2019 Herstellung und Verlag:

BoD – Books on Demand, Norderstedt

ISBN 9783748188742

Allen
die jenseits der Mitte leben
an den Grenzen
von Wahnsinn und Genie

# Vorwort

Liebe(r) LeserIn,

jetzt halten Sie das erste eigenständige Buch von Olaf Olsen in der Hand, einem noch völlig unbekannten Autor, der meines Wissens bisher nur einmal vor vielen Jahren mit einigen ziemlich direkten und brutalen Stories in einer Anthologie an die Öffentlichkeit trat.

Seine Texte habe ich hier einfach in alphabetischer Reihenfolge der Titel angeordnet. Für den Inhalt sprechen sie selbst. Zumindest bei einigen stellt sich natürlich die Frage, ob es sich um hochgeistige Ergüsse oder schwachsinniges Gestammel handelt. Handelt es sich hier also um Literatur? Was ist Literatur? Oder ist dieser Olsen tatsächlich übergeschnappt? Ja, bisweilen glaube auch ich, dass der Mann irre ist! Aber wer ist das heutzutage nicht!? Die Grenzen sind fließend und waren es schon immer im Rausch der Gefühle, wenn das Liebeszentrum im Gehirn rationales Denken und Konzentrationsfähigkeit unterdrückt, wenn Menschen Amok laufen und Krieger und Soldaten metzelnd durch ihre Feinde toben.

Ja, so ist es in unserer Welt. Doch wer weiß, ob Olaf überhaupt in dieser angeblich so realen Welt, in der wir alle leben, existiert. Vielleicht ist er nur ein Teil von irgendwem, nehmen wir mal an, von einem anderen Menschen - es muss ja nicht gleich ein Nichthumanoide oder gar ein Alien sein -, der außer der dunklen hier präsentierten auch noch eine helle Seite hat?

Auf jeden Fall sind diese Texte hier keine leichte Lektüre - nichts für schwache Nerven. Psychisch Labile und Herzkranke sollten von der Lektüre Abstand nehmen oder das Buch nur häppchenweise, am besten abwechselnd mit meditativen Texten, da empfehle ich doch glatt nicht ganz selbstlos Gedichte und Gedanken von Rainar Nitzsche, lesen. Aber fangen Sie doch einfach erst einmal von vorne an. Vielleicht gefallen Ihnen ja die Texte und Nichttexte (Absolutes Gedicht).

Ach ja, zunächst wollte ich nur Olsens neuere Werke veröffentlichen. Da aber Werke noch unbekannter AutorInnen in Anthologien leicht unter- und für die Menschheit verloren gehen, entschloss ich mich dann doch, hier auch seine Erstlingswerke, leicht stilistisch von mir überarbeitet - der Autor ist derzeit leider dazu nicht in der Lage - einzufügen. Außerdem integrierte ich am Ende noch seine sehr positive, wenn auch extrem einseitige Buchbesprechung meines *Leuchtenden Pfades*.

Auffällig ist auch der Gebrauch der Begriffe *Sonn* und *Mondin* anstelle von *Sonne* und *Mond*, wie ich sie auch in meinen *Pfad*-Romanen verwende. Da stellt sich die Frage der Seelenverwandtschaft. Oder habe ich da meine Machtposition als Lektor ausgenutzt und die Begriffe von mir aus einfach so geändert?

Nun wünsche ich allen LeserInnen eine angenehme Lektüre und manche Denkanstöße. Falls wir tatsächlich in einer oder gar vielen Höllen - jeder in seiner eigenen - leben, wovon Olsen wohl ausgeht, was soll's, wir müssen damit fertig werden. Hier sind wir nun einmal. Das Leben ist eben noch immer - und wohl für immer!? - kurz und schmerzhaft. Machen wir das Beste daraus. Es gibt ja auch wundervolle Augenblicke, nicht nur hier draußen, sondern auch in Olsens Welten.

Ihr Dr. Rainar Nitzsche,
Kaiserslautern, Juni 2005

# Inhalt

# Prolog

»Ich will hier raus!«, schreit es irgendwo.

In dir? Oder wo? Dort draußen? Dort doch nicht! Oder wer? Oder was? Und überhaupt: woher, woraus, wohin?

Da blickst du nicht mehr durch. Irgendwas ist da passiert. Daran erinnerst du dich noch. Irgendetwas war da doch, das ...

Alles träumt hinter Nebeln. Schlafwandlern gleich siehst du Menschen an dir vorüberziehen. Und irgendwo krabbeln Spinnen. Rasend spinnen Spinnenmänner Geschenke für Bräute, die sie niemals treffen werden. Denn sie leben hinter kreisrunden Kunststoffwänden in irgendeinem Labor, sind Gefangene - »wie ich?«, fragst du dich flüsternd selbst. Sie aber wissen es nicht, denkst du.

Bin ich das denn? Gefangen? Wenn ja, worin?

Irgendetwas ist passiert.

»Alles ist Traum.«, sagen die einen.

»Alles ist Realität«, sagen die anderen.

Träume sind überall, die sowohl die einen als auch die anderen Träume nennen.

Andere Träume werden Realität genannt.

Irgendwie ist alles verschwommen. Jemand hat dir deine Brille genommen, ja, die mit den dicken, dicken Gläsern. *So* kurzsichtig bist du!

Und jetzt verschwimmt auch noch die Welt in deinem Innern: Deine Wohnung: ein Zimmer unter dem Dach in einer Wohngemeinschaft, die eigentlich gar keine ist. Eine Stadt mit Namen K. Dein Arbeitsplatz in der Stadtbibliothek? Oder doch in einer Buchhandlung? Oder waren da zwei Plätze in zwei Städten, gar drei mit Namen W. und M. und N.? Da war doch ein Ökoprogramm, 'ne ABM für ein Jahr in I. - O. (was sind denn das für seltsame Buchstaben?). Irgendwann war da eine Buchhändlerschule in F. Und auch ein Studium: Biologie an der Universität in K.? Dann muss da ja auch irgendwo ein Gymnasium gewesen sein, doch war das nicht doch in H.? Und die Grundschule hieß doch damals anders, ja, Volksschule hieß die, war in einem ganz anderen Ort, ach, es waren sogar zwei: F. und L. Kindergarten und deine Geburt, an du dich natürlich nicht erinnern kannst - wer kann das schon!? -, fanden in B. und Z. statt.

Seltsame Buchstaben, die sicherlich für Orte und Städte stehen. Ob sie sonst noch irgendeine Bedeutung haben?

Oje, jetzt kommen Namen, nichts als Namen, völlig durcheinander, ach nein, alphabetisch, hast du sie sortiert und mit stumpfer Kreide auf die Tafel gemalt: Berlin, Fechingen, Frankfurt, Homburg, Idar-Oberstein, Kaiserslautern, Limbach, Mannheim, Neustadt, Winnweiler, Zehlendorf.

Das also sind die Namen zu den Buchstaben. Sollst du sie nun zuordnen, Ordnung in all das Chaos bringen? Wozu?

Was ist passiert? Warst du einst in all diesen Welten? Oder hast du sie dir nur erträumt, eine nach der anderen?

Warum geschieht jetzt alles zugleich?

Alle diese Dinge, die vielleicht niemals dort draußen real waren - doch, was ist schon wirklich und was nicht? -, leben nun in dir, der du irgendwo träumend liegst.

Und wer weiß, ob du überhaupt ein Mann bist - eben noch warst du dir da gänzlich sicher - was sollte ich sonst sein, wenn nicht ein Mann!? -, jetzt bist du es schon gar nicht mehr.

Aber wenn es denn doch so wäre, träumst du nun

sicherlich von der Frau deiner Träume.

Oder bist du eine Frau, die sich jetzt für alle Zeiten ihren Traummann erträumt, der einfach alles ist: so sanft und zärtlich, stark und potent, aufmerksam und wunderhübsch, jung und reich und außerdem, obwohl ihn so viele andere Frauen bedrängen, nur ein Auge für eine einzige, nämlich für dich hat? Wirst du ihn jemals in diesem Leben auf dieser Welt finden?

# Absolutes Gedicht*

*: Kein Textblock, kein Absatz, keine Zeile, kein Wort, kein Buchstabe, kein Gedanke - STILLE - LEERE.

# Begegnung

Alles bebt. Selbst die Felsen unter deinen Füßen erzittern. Und die Luft vibriert.

In deinen Ohren aber rauscht der Sturm.

Diese Geometrie!

H. P., fällt dir ein, H. P. Lovecraft.

Dann fallen Farben kreischend-kreisend in dein Augenlicht.

Dein Herz rast.

Etwas drückt auf deine Brust: Luft!

Keine Luft - Angst zu ersticken - vor dem Tod!

Du schreist den lautlosen Schrei und atmest - nicht mehr.

Deine Beine zersplittern.

Deine zum Himmel erhobenen, bittenden Hände fallen ab und stürzen in bodenlose Tiefen, verschwinden im Nichts.

»Ich will leben!«, schreit es ein letztes Mal dort innen tief in dir, ohne dass sich deine Lippen bewegen.

Längst schauen deine Augen starr und stumm.

Rot fließt dein helles Blut aus Stümpfen.

In dir rast der Wahnsinn.

# Brennend

Brennend sah ich mich am Morgen erwachen.

Schoss empor, mein Geist ein Feuerball, in nie gesehene - Tiefen.

Von dort unten dröhnt es grollend.

Denn mein Lachen über all die immer wiederkehrenden, ach so belanglosen Alltagsdinge endet nie.

Übergeschnappt, total plemplem!

»Sofort 'ne Spritze und ab in die Geschlossene!«

Das denken die einen, das spricht der von den Nachbarn gerufene Arzt, als sie ihn kichernd, grinsend und singend in seiner Wohnung finden, doch niemals-nie einen Grund dafür.

Ich aber lache und falle, kichere und gröle und - brenne noch immer - hier unten - dort oben - und allüberall.

## Das Brotmesser

»Gib mir mal das Brotmesser!«
waren ihre letzten Worte

Das Messer kam
geflogen
und traf ihr Herz

Jetzt hab' ich's ihr aber gegeben!
dachte er
und wie!

## Brüder

*Er* tut die Taten, die *ich* schon immer tun wollte.
Wie kann das sein, könntest du fragen.
Denn *ich* bin doch jung, *er* aber ist alt.
Ja, ich liebe den alten Mann, der begriffen hat und handelt.

Endlich tue ich es. Ich spreche ihn an: »Bruder, komm her! Ach nein, ich komm zu dir und reiche dir meine Hand als Brücke zwischen Mensch und Mensch!« Dann strecke ich ihm lachend meine Hand entgegen.

Er lacht nicht wie ich, das tat er in seiner Jugend, er weint nicht und schaut auch nicht ernst drein, wie es so viele vom Leben enttäuschte, verhärmte Menschen tun. Er lächelt einfach nur.

Ich aber schaue an mir hinab, sehe staunend *meine* Rechte *meine* Linke halten.

## Chaos

Die Wächter stehen auf
an den Grenzen

Erde bebt
Im Wahnsinn zuckt der Meister

Was wird aus all den Wesen
die er sich einst erträumte
die er noch immer
sich immer wieder erträumt?

An den Grenzen
stehen die Wächter auf
Chaos auf Erden!

## Denn ich bin

Denn ich bin eins
mit den Meeren der Nacht
Jetzt sehe ich sie alle

Schreiend warfen sie empor ihr Lachen.

Zwerge krochen in langen Reihen würmergleich über ihre Rinde. Doch niemals tauchten sie hinab in die wahren Tiefen.

Welch ein Wahnsinn in den Augen dieser Wesen!

Ich habe sie alle, ich habe mich lachend umarmt und dann den Dolch in mein Herz gestoßen.
Es ist doch ...

Schau, diese Wälder sterben, Berge und Täler, darunter liegen die Höhlen voller Grauen, gestapelt ist dort der millionenfache Tod.

Höret meine Worte!
Denn ich bin der Rufer am Morgen, still der Kranich, Gebirge und Tal, glühender Sonn und Mondin zugleich.
Ich bin All und GOTT!

# Dort

»Auf den Wipfeln tanzt der Wahnsinn!«, fiel ihr plötzlich ein, dieser eine Satz, einfach so, und das beim Anhören ihrer eigenen Musik.

Und eine Ebene tiefer in ihr, aus ihr klang es: »Schau! Dort auf den Wipfeln, Gipfeln, den Pappelspitzen, die sich neigen und schwanken im Sturm, dort tanzt er.«

»Sieh an, schau da, schau doch mal!«, sprach sie mich voller Begeisterung an.

Ich drehte mich um, folgte ihrem ausgestreckten Zeigefinger und - sah nichts.

»Was meinst du?«, wollte ich sie gerade fragen, als ich meinen Blick senkte und er in das tiefe, klare Wasser fiel, das da, umfangen von steinernen Brunnenwänden soeben direkt vor meinen Füßen aufgetaucht war.

Dort erblickte ich einen nackten Körper mit grinsendem Gesicht, meinem Gesicht mit solch großem Mund.

»Hallo!! Hi!«, lachte er ganz modern, neudeutsch-amerikanisch und drehte sich rasend im Kreis.

»Dort, dort, dort!«, stotterte ich der Frau meiner Träume zu, die noch immer nach oben in die Baumwipfel sah.

Sie nahm mich einfach nicht wahr, war schon lange weggetreten, weilte nur noch körperlich hier unter uns, denn sie schaute weiter als wir alle, war längst im Sternenmeer und Mondinlicht dieser stillen Nacht der Nächte versunken.

So schaute ich noch einmal hinab und in mein Spiegelbild hinein. So sah ich mich. Auch ich versank in den endlosen Tiefen dort unten in mir.

So sahen wir beide uns an, jeder für sich und jeder allein, wir beide und all die anderen Frauen, wir alle, die wir vor Ewigkeiten aufgebrochen waren und noch immer unseren langen Weg beschreiten, der niemals endet, es sei denn in der großen Leere.

# Drehbuch

»Schauen wir doch einfach mal im Drehbuch nach«, murmele ich auf deine Frage hin: »Wie kommen wir nur hier jemals wieder raus?«

Dann wiederhole ich es noch einmal, rufe es so laut, dass es alle hören: »Schauen wir mal im Drehbuch nach!«

Was soll man sonst tun, wenn man in der Falle sitzt, aus der es einfach keinen Ausweg gibt. Ja, wir alle befinden uns in einem Raum irgendeines Hauses irgendwo in irgendeiner Stadt und haben keine Ahnung, wie wir hierhin gelangten, noch, wie wir hier wieder rauskommen sollen

»Was?«, fragst du empört.

»Wir sind doch hier in keinem Film! Also gibt's auch kein Drehbuch. Am Ende behauptest du noch, die Vorlage zum Film wäre ein Buch, also wären wir eigentlich nur Romanfiguren.

Dann riete ich dir: Kauf dir ein Exemplar - aber dann hättest du sicherlich schon eins, so schlau wie du immer bist -, schlag es auf, schau nach, was weiter geschieht!

Doch was auch immer da stehen mag, könnten wir unserem Schicksal entkommen?

Nein!

Aber was sollen diese wilden Spekulationen. So ist es ja nicht. Wir sind real. Wir sind Menschen. Das hier ist die Wirklichkeit! Wach auf, Mann! Wach endlich auf und werde erwachsen!«

Ich aber lasse den Redeschwall über mich ergehen, gebe keine Antwort, sondern schließe meine Augen, atme ruhig ein und atme ruhig aus, atme mit geschlossenen Augen, und alles wird still, und alles taucht in mir auf ...

Irgendwann schreie ich meinen Entsetzensschrei, brülle hinaus, um meine Seele entlastet, all den anderen zu: »Scheiße, ich sehe es. Da steht es. Wir kommen hier niemals wieder raus. Wir gehen alle drauf!«

So stand es irgendwo. So wurde es von irgendwem erdacht.

So geschah es mit uns.

Sie kamen und fraßen uns alle auf.

Jetzt schauen wir auf die anderen hinab.

Dort liegen noch die Knochen, die sie von uns übrig ließen.

Jetzt trollen sie sich von dannen.

Und auch wir schweben davon.

# Drohnenflug

»Leck mich!«

Das ließ sich unser Held nicht zweimal sagen. So, wie sie aussah, wie sie ihn ansah, zitternd und ... Mensch, nichts wie ran an die Möse!

Er tat es, denn er war ein echter Mann, kniete zwischen ihren weit gespreizten Beinen nieder, arbeitete sich mit der Zunge nach oben zum Kitzler vor, zuckte blitzschnell und sanft wie ein Schmetterling, schlangenzüngelnd, einfach gekonnt und lange geübt einmal, zweimal, dreimal und wieder und immer wieder drüber.

Dann - seltsam - ein anderes Gefühl, ein anderer Geruch!

Das ist ja Blütenduft!

Ein Ruck nur, Kopf zurück.

Alles ist dort so rot!

»Mach weiter!«, ruft sie ungeduldig, erregt.

Merkt die denn nichts?

Denn dort, so dicht vor seinen Augen war ihre Klitoris zur roten Rose erblüht.

Gedanken rasen: O mein Gott, was habe ich getan! Was geschieht? Was geschieht mit ihr?

Und auch mit mir?

Er schreit es ihr zu: »Schau doch selbst! Sieh dich an!«

Doch sie hört ihn nicht, nie mehr!

Schreie ich? Oder schreit es nur in mir?

Noch immer ist er starr.

Die Rose wächst.

Und er wird immer kleiner, verwandelt sich, faltet seine leuchtenden Flügel, dort oben auf dem Rücken, aus, fliegt summend diesem Duft und der nun nicht mehr roten, sondern von lockenden Zeichen übersäten Blüte entgegen. Und während er summend fliegt und eine feuchte Öffnung unterhalb der Rose gierig darauf wartet, ihn zu verschlingen, während er so fliegt, alle Beine an den seidig behaarten, harten Panzer angelegt, während er so summend durch endlos scheinende Weiten seinem Ziel entgegenfliegt, kommen die Träume. Seltsame Menschenträume senken sich lautlos nieder, steigen auf in seinem kleinen Insektenhirn.

## Dunkle Wolken

Dunkle Wolken
über den Städten

Es zerrt der Sturm
am letzten Zipfel
deines Verstandes

Er reißt ihn fort

Jetzt treibst du
im schreienden Wahnsinn dahin

# Einlieferung

»Am Anfang war nur einer, ein Rainar – ein kleiner – sonst keiner!«

Das ist es, was er summt, vor sich hinsingt, immer wieder.

Scheint total größenwahnsinnig geworden zu sein. Hält sich wohl für GOTT, den Schöpfer.


So finden sie ihn. So laden sie ihn ein, der sich nicht wehrt, sondern glücklich lächelt. So kommt er in die Klapse, wo er weitersingen kann, bis an sein Lebensende, wenn sie ihn denn nicht ruhig stellen.

Dort aber führen sie ihn unter einem anderen Namen und wundern sich schon lange nicht mehr - taten sie es überhaupt jemals? -, wieso er immer von einem *Rainar* spricht.

Denn sein Name lautet einwandfrei und ist bewiesen, denn hier steht es ja vorne und hinten in dunklen Lettern auf dem Buchdeckel drauf*: Olaf Olsen.

*: Oder lügt da etwa wer wie gedruckt?

# Einschläge

Es hört nicht auf. Noch immer schlagen die Geschosse ein.

»Wo?«, fragst du.

»Mensch, siehst du's denn nicht? In meiner Brust! Mein Gott, bin schon der reinste Schweizer Käse, völlig durchlöchert. Und lebe noch immer? Wie kann das sein? Wann endlich enden diese wahnsinnigen Schmerzen? Und überhaupt, warum schreie ich nicht?«

Langsam, allmählich, mit der Zeit ändert sich doch so einiges:

Du siehst es, siehst, wie ich in mich zusammenfalle, kleiner und immer kleiner werde. Blut und Fetzen von Fleisch spritzen nach allen Seiten fort. Die Salve trifft jetzt tiefer.

»Wo ist mein Bauch? O, ich war ein Mann! Da unten ist nichts mehr! Und nun auch noch die Beine ...«

Was von dir bleibt, sind Kopf und Füße, der Rest ist Matsch.

Endlich kehrt Stille ein. Keine Schüsse mehr.

Jetzt aber stampfen Stiefel heran.

Sie treten nach mir. RUMPS, voll in die Fresse! Und noch ein Tritt! Und dann noch einer!

»Du Türkenjudenniggersau!«

Scheiße! Sehe nichts mehr. Meine Ohren sind taub.

Von oben, mit ein wenig Abstand (post mortem) ist alles nicht so schlimm, schaue ich hinab. Dort unten schaufeln sie mich auf: die Reste vom Übungsschießen, Füße und Kopf und ... Dann schmeißen sie alles in die Tonne für den Restabfall. Denn heute kommt die Müllabfuhr.

# Erdenwelt

»Diese Welt - du sprichst von einem Planeten - haha! - diese Welt ist nur ein Traum, *mein* Traum, ist *mein* Werk, aus *mir* geboren, existiert *nur* aus dem *einen* Grund, weil *ich* es so wollte.

Und in ihr schuf ich mich wieder, Abbild meiner Seele, ein schwaches Wesen - wie passend für mein erstes Werk! Erst Übung macht ja bekanntlich den Meister.

Ja, schrei nur, ich hindere dich nicht, schrei dieses dir anvertraute Wissen nur hinaus! Es nützt weder dir noch sonst wem was.

Haha! Und auch euch ... kommt nur, ihr Männer in den weißen Kitteln! Kommt her, ihr armseligen Projektionen, Kinder meines Traumes! Kommt zu mir, ihr Kinderlein alle und führet mich zu meinem Bette! Euch habe ich geschaffen, um meinen Frieden zu finden.

Ach, Schlaf fließt nun aus euren Spritzen in mich ein. Endlich kann ich mir meine Welt weiter erträumen.


Da ist ein blauer Planet, auch andere kreisen da um einen Sonn, der sich wiederum um das Zentrum der Galaxie bewegt. *Erde* nenne ich ihn. Leben erschaffe ich und Evolution. Jahrmilliarden gebe ich ihm von seiner Geburt bis hin zu seinem Tod. *Ich* gab den Anstoß, *ich* kann alles enden lassen. So bin ich Alpha und Omega und alles dazwischen. Und doch sind da überall Wunder. Denn so Vieles entstand aus sich und wandelte sich. So viele Dinge geschehen im Laufe der Zeit an so vielen Orten. Mein Gott, ich bin der Schöpfer und bin es doch nicht. Ich fühle, ich rieche, ich höre, ich sehe - ich weine.

# Erwachen

Du öffnest deine Augen.

Schreist du?

Jaaa!

Gedanken aus schwarzer Leere gleich Blitzen in der Nacht: Mein Gott, war da nicht eben noch die Frau meiner Träume, die mich ritt? Immer, wenn's am Schönsten ist! Mitten im Sex wache ich auf!

Und nun ist alles vorbei, fängt alles erst an.

Denn da grinst sie dich an: diese Dämonenfratze mit leuchtenden Augen, so rot wie ...

Ihr Atem riecht nach Eisen.

Eisen? - Könnte Wirbeltierblut sein.

Das ist ja *Blut*!

*Mein* Blut?

Schon schlägt sie zu, wieder und immer wieder.

Es hört nicht auf, geschieht noch immer.

Ihre Klauen zerfetzen deinen Bauch.

Mein Gott, wie viel Gedärm und Blut und Scheiße doch in mir stecken!, denkst du noch, und ritsch und ratsch, dein Schwanz ist ab!

Du siehst es im roten Licht, das die Dämonin verbreitet!

Du siehst es und - schreist nicht mehr.

(*Schwärze*).

# Die Feder

Da treibst du an der Oberfläche dahin, dort, wo Stürme wehen, von allen Seiten an dir zerren, du zarte Feder Mensch.

Wohin wirst du jetzt gegangen?

Tauch ein!

Ein wenig zunächst!

Denn dort ist Licht und Dunkel. Dort wartet und träumt und ist das ewige Lächeln.

Aber gib acht! Vor der Schwelle des Tores lauert der Wahnsinn, nicht rechts, nicht links, nicht vor, nicht hinter, nein, *in dir*!

# Haustiere

Da wohnen sie also in den Häusern der Menschen, bei ihnen, mit ihnen, an ihnen - in ihnen - ja, nicht nur Bananen und Gurken, sondern auch Aale sollen da kurzzeitig in Vaginas stecken oder Schlangenzungen über Kitzler vibrieren, von all den Parasiten wollen wir ja nicht erst sprechen.

Wir füttern sie, verwöhnen sie und kuscheln mit unseren Hunden. Auch sind da Katzen – die aber mehr eigenen Willen besitzen und nicht so treu und ergeben - so sklavenhaft sind. Da hegen und pflegen wir sie in Aquarien und Terrarien: die tropischen Fische aus den Flüssen Südamerikas – Neons, Skalare, Purpurkopfbarben und wie sie alle heißen mögen. Auch Meeresfische und Echsen aller Art, Gespensterschrecken, Wandelnde Blätter und Gottesanbeterinnen, selbst Vogelspinnen sind da immer mehr in den Wohnungen zu finden.

Früher hielten wir uns noch Hühner im Stall und Kühe und Schweine und Pferde und ... Die aßen wir dann auf und essen sie noch immer. Andere Tiere werden andernorts und zu anderen Zeiten von Menschen gegessen. Wir aber kaufen Wanderheuschrecken, Grillen, Heimchen im Zoogeschäft und verfüttern sie an unsere Echsen und Spinnen.

Du aber denkst nun: »Was ist denn daran so wahnsinnig schlimm?«, dass dieser Olsen davon schreiben muss.

Olsen? Ach ja, der bin ja ich. Also antworte ich dir auch mit dem einen Satz, der der langen Vorrede folgt. Kurz und schmerz-haft. Das ist es, was du nicht hören willst und leugnen wirst. Das ist es, was ich frage, weil ich weiß, dass es so ist:

Wem dienen wir Menschen als Haus-Kuschel-Sex-Fut-tertiere?

Wer steckt uns zu welchem Zweck wohin?

Wer zertritt uns unter seinen Füßen - wenn er/sie/es denn welche hat?

Das fragte ich mich damals, als ich einen Film mit Na-men *Matrix* sah, der in ferner Zukunft spielt, *einer* mögli-chen Zukunft von vielen - und frage es mich noch immer und meine dabei die Gegenwart, uns Menschen jetzt und hier und heute.

# Himbeereis im Wüstensand

Irre, Wirre, Menschensein, ganz allein!
Bin nicht zwei, bin drei, bin vier,
bin ich überhaupt noch hier?

Da gehst du also durch die Stadt - und diese Massen in der Fußgängerzone ängstigen dich. Fremd scheinen sie dir und irreal: »Das sind doch keine Menschen! Entlaufene Schaufensterpuppen mögen es sein, vielleicht, wenn überhaupt!«, murmelst du dir selber zu.

In dir singt ein Chor.

Du verstehst die sich ständig wiederholenden Worte:

»Wir sind viele
du bist einer
hast nun keine Chance mehr
bist alleine
wir sind keine Freunde dir
*Einer* bist du
*viele* sind wir.«

Die Grenzen wachsen. Die Mauer wird größer.

Ich werde springen.

All die anderen aber, was tun sie, warum schauen sie mich so an, warum blöken sie nun?

Ach, jetzt sehe ich, verstehe ich: Es sind ja gar keine Puppen, sondern Schafe. Eine ganze Herde von Schafen steht und geht da ringsherum. Und weder Hirte noch Hirtenhund sind in Sicht.

Nein! Sie kommen! Hilfe! Sie zertreten mich. Fliehen. Ich muss fliehen. Hilfe! Schafe wollen mich zertreten!

Und wieder singt der Chor:

> » Wir sind ein Haufe'
> Renne und laufe!
> Du bist einer
> ein wirklich kleiner
> Wir sind ein Haufe'
> Renne und laufe!«

Du hast es geschafft, bist gerettet, daheim. Allein.

Was ist mit mir? Warum verändert sich die Welt vor meinen Augen? Brauche Ruhe und Schlaf.

Müde bist du, schon fallen dir die Augen zu. Du beginnst zu träumen:

Eine weiche Wiese. Wolken ziehen dahin. Jetzt klart der Himmel auf. Sonnenlicht überflutet weißen Wüstensand.

Ach, wie warm und schön.

Durst!

Esse Eis, das schmeckt so heiß - Himbeereis im Wüstensand.

Singt der Chor:

> »Er ist irre und allein!
> Frisst den Sand, allerhand!
> Kommt gerannt
> und sperrt es ein
> das Menschenschwein!«

## Ich bin

Ich bin
der Schrei
der Berge

Ich bin
der Wahnsinn
im Fortschritt der Zeit

Ich bin der
ich bin die
ich bin das

das sein wird

# Ich will! Ich will! Ich will!

In den Sturm habe ich mein Lachen geworfen.

So brachten die Wolken mir meinen Traum zurück.

Darin sah ich mich stehen, dann gehen, dann schreiend fallen .»Ich will!«, schrie ich und knallte meinen Kopf gegen die Wand, immer wieder, immer wieder: »Ich will! Ich will! Ich will!«

Aber die Wand barst nicht.

Doch mein Kopf - begann zu bluten.

Irgendwann später schlief ich benommen ein.

Nichts hatte ich ereicht, nichts hatte sich geändert. Oder doch?

Noch immer war da die Wand, noch immer saß ich vor ihr.

Doch nun erschöpft, doch nun blutverkrustet, doch nun schlafend.

Als ich erwachte, begann das Spiel, der Ernst von neuem:

»Ich will!«, schrie ich und knallte meinen Kopf gegen die Wand, immer wieder, immer wieder: »Ich will! Ich will! Ich will!«

## In dir schläft ...

So schlummert in dir ein rasendes Lachen.

Hörst du erst die Stimmen deiner Führer, diese Stimmen, die andere zu Untermenschen, Nichtmenschen, Tieren machen, zu jagdbarem Wild, vogelfrei nun, als böse verschrien, dann bricht auch aus dir der Schrei der Masse. Und es ist zu spät.

Jetzt brüllst und schlägst und quälst auch du - und tötest.

Irgendwann aber wacht das auf, was da so lange in dir schlummerte.

Jetzt kicherst du.

Du lachst.

Du rast grölend durch die Nacht und findest keine Ruhe - nie mehr!

## Der Irre und der Krieg

Der Irre warf den Totenschädel, sprang hinterher und schrie: »Gewonnen, hihihi, gewonnen!«

Knochengesicht und Augenhöhlen blickten stumm - ihn an.

Und wieder wurde eine Stadt zu Asche.

Und wieder war da so viel Hunger unter den Menschen.

Auf auf zum Schädelwerfen! Ein neues Würfeln um das Glück!

Nun liegt er still, der Schädel.

Der Irre schaut den Hinterkopf und schreit: »Gewonnen, hahaha, wieder gewonnen!«

Und wieder ein Krieg mit zwei Verlierern.

Nein, alle verlieren wir.

Keiner kann siegen.

Denn dieser Irre ist der Mensch an den Hebeln der Macht, hier und da und allüberall.

## Klanggedanken*

Rauch ist aus den Kratern gestiegen.
Spring durch die Flammenringe!
Alles ist gut.

Streichelnder Wind in der Nacht.
Du bist mein Atem.

Wohin gehst du
Schrei in den Wäldern?

Ich habe die Wolken gesehen.
Es waren grün schimmernde Schleier.
Sie stiegen auf - aus seinen Augen.

»Schau mich nicht an!«, schrie ich ihm zu.
Er lachte.
Und auch die Berge schüttelten ab ihre Gipfel.
So berstend war *ihr* Gelächter.

Wo bin ich?
Zitternder, stöhnender Wald.
Wo bin ich?
Helft mir ... mir ... ir ... ihr!
Wer seid ihr?

Ich habe die Meere durchquert.

Still scheinen die Monde über TAU.

*: Das fiel ihm einst mit geschlossenen Augen beim Anhören seiner eigenen elektronischen Musikimprovisationen ein. Er sprach es auf Band und schrieb es dann später auf. Der Herausgeber änderte beim Lektorieren nur wenige Worte.

Du bist unter Wölfen.
Öffne deinen Mund zum Schrei!
Heulender Ruf.
Ruf und Ruf vereint zum Lied.

Du. Deine Flügel sind mein Leben.
Hülle mich ein, Frau.
Ich trinke deine ewige Milch.

Wahnsinnsschrei unserer Seelen.

Sie hielten die zuckenden Menschenherzen -
im blauen Schein der Vollen Mondin empor.
Sie sangen die dröhnenden Worte der Alten.
Steinerne Kreise, stöhnende Leiber der Liebe,
Ströme von Blut.

Wer bin ich?
Du siehst die Spiegel vor dir.
Du gehst voran.
Du zertrittst sie mit deinen Füßen.
Nichts kann dir widerstehen.
Nichts hält dich jetzt noch auf.

Du bist stürmender Sand in den Wüsten.
Du bist drehender Körper im All.
Siehst den blauen Schatten vergehen.
Vor dir öffnen sich die gelben Arme des Sonn.
Er nimmt dich auf.
Er ist dein Vater.
Er umhüllt dich.
Protuberanzen weint er in die Nacht.
Sonnenwind schwillt an zum Sturm.

Mutter schreit auf.
Ihre Pole schmelzen.
Die Meere verdampfen.
Leben erlischt ohne Laut.

Du trittst lächelnd aus dem Sonn.
Du bist im anderen Raum.
Heller, leuchtender, Licht.
Du bist die schwarze, treibende Kugel -
träumend, träumend von schwarzen Kosmen
gelben Sonnen und blauen Planeten
träumend, träumend das Leben dieser einen
und all den anderen Erden.

## Kleiner Mann im Mund und

## eine Stimme im Ohr*

Da ist ein Mund, ein Menschenmund.

Du schaust ihn an.

Die Lippen öffnen sich.

Oje, dort drinnen springt und zappelt ja ein kleiner Mann. Er schreit, er ruft, sein winziger Mund spricht. Jetzt winkt er dich zu sich ran.

Komm näher und lausche seinen leisen Worten!

»Ich bin wie du!«, piepst er dir ins Ohr. »Ich bin ein Mensch!«

Du aber entfernst dich wieder von meinem Gesicht, meinem Mund, in dem der kleine Mann tanzte, sang und brüllte.

Du schüttelst verwundert deinen Kopf, hast nicht bemerkt, was da so nah geschah.

Denn ich biss einfach zu und machte seinem Ausbruch von Irrsinn ein Ende. Hinweggeputzt ist nun auch sein Wahnsinn. Könnte ja ansteckend sein.

Jetzt, wo du wieder mehr Abstand von mir gewonnen hast, jetzt erst siehst du und verstehst:

Blut läuft aus der zerbissenen Zunge der jungen Frau mit den vollen Lippen, die dir eben noch so nahe war.

*: Impressionen zum Film: *In the Mouth of Madness.*

## Die kluge Bürofrau weiß

Die Schlagzeile in der Zeitung: *Tacker\* im Einsatz!*
Ja, im Büro geschah es.

Nein, hier ging's sicher nicht ums Polstern von Möbeln. Doch auf dem Überwachungsvideo ist alles festgehalten.

»Mensch Meier! Schau dir das an! Die geht ran! Scheiße, Mann! Haut das Ding doch voll dem Brutalo in die Eier, drückt einmal, zweimal, dreimal ab: Tack-Tack-Tack. Die Klammern sind drin!«

Der liegt noch immer nackt, jetzt aber schreiend und festgeheftet am Boden des Büros.

Sie rennt lachend davon und denkt: Geiles Rendezvous zum Feierabend!

Tja, die kluge Bürofrau weiß sich zu helfen.
Drum kaufen auch Sie ...!
Damit Frau immer sicher ist.

---

\*: In der ursprünglichen Version von Olaf Olsen war es ein *Hefter*, mit dem ihre Tat aber wohl nicht funktioniert.

## Lachen und weinen

Bricht auf
mein Lachen!

Tränen
sah ich fallen
hinter wirbelnden
Feuerfeldern

## Madness

Wahnsinn ist kranker Geist
ist Anderssein - ist irre Wirre - ist ...

Irgendwer schreit.

Irgendwer fragt: »Was ist geschehen?«

»Da ist einer ... oh! Er kommt! Dort! Dort! Mein Gott!«

Alle schauen entsetzt.

Er aber, der gerade eben noch - ja, noch vor Sekunden! - nett und kompetent eine Kundin bediente, was tut er jetzt?

Läuft schreiend die Treppe hinauf, hinaus aus seinem Arbeitsreich: »Raus! Raus! Raus!«, brüllt er.

Und in ihm rasen die Bilder, Töne, alles wirbelt wie wild: *Ich ... ich ... ich ...*

Jetzt hat er die Buchhandlung verlassen. Dort siehst du ihn rennen, die Fußgängerzone der kleinen Stadt an der Weinstraße hoch. »Ja, dort, Richtung Bahnhof! Das ist er!«

Keiner hält ihn auf.

Er kennt den Weg.

Ein letztes Erinnern?

Dann Schwärze, dann Weiße, dann Leere.

Alles ist.

Alles, was war, liegt hinter ihm.

# Die Meere

Plötzlich schrie er auf.

»Was ist?«, fragte sie ihn.

Er aber weinte. Dann brüllte er schluchzend noch einmal auf - wahnsinnige Schmerzen: »Die Meere! Es sind die Meere, sie kommen! SIE KOMMEN!«

»Versteh dich nicht«, flüsterte sie und sah ihn verwundert und sorgenvoll an. »Die Meere sind doch fast tot. Gut, soll ja noch 'n paar Haie geben, irgendwo weit draußen, auch unten in tiefsten Tiefen wahre Riesen von Kalmaren und 'ne Menge Kleingetier. Aber überall sonst, oben und an den Küsten: Scheiße mit Öl, strahlt radioaktiv, Algen in Massen, weißt ja selbst, wie's ist.«

Er schüttelte nur den Kopf.

»Ach so, du meinst die Luftverschmutzung und die Erwärmung der Atmosphäre, den Treibhauseffekt und seine Auswirkung auf die Meere und die Küsten, die flachen Küsten. Das Eis schmilzt längst überall: Arktis, Antarktis, Gletscher. Wird wärmer von Jahr zu Jahr. Also steigen die Meere, das meinst du!?«

Wieder schüttelte er den Kopf.

Jetzt fiel ihr wirklich nichts mehr ein, jetzt war sie sprachlos, wusste nicht mehr weiter, wusste nicht, was es war, das ihn so ängstigte.

Doch noch in jener Nacht sollte sie es erfahren.

In jener Nacht schrie er wieder auf.

Und noch immer verstand sie ihn nicht, konnte ihm nicht helfen. Wie sollte sie auch!

Dann versank er mit offenen Augen, sich selbst umarmend, mit angezogenen Beinen, versank, den rechten Daumen nun im Mund saugend, endlos sich schaukelnd und wiegend in den grenzenlosen Meeren des Wahnsinns.

## Messer im Kopf*

»Wo ist mein Messer? Wo ist es?«

»Warum? Warum hast du geschossen?«

»Dein Messer ist hier, in deinem Kopf! Nur in deinem Kopf, verstehst du? Niemals hast du ein Messer besessen!«

Fotos verändern immer.

Fotos und Krankenhäuser.

»Ich kann sehen, richtig sehen - die Blätter an den Bäumen! Richtig sehen im Traum, wo vorher nur Schatten waren und Zweige. Ich kann sehen, die Blätter an den Bäumen sehen.«

»Vielleicht hattest du nur Angst, wie ich, als ich das Messer ergriff. Einfach Angst, ja?«

»Ich bin du. Simulation. Vertauschte Rollen.

Du bist verrückt. Ich war verrückt.

Kann sein, kann nicht sein.«


Ein zweiter Schuss.

* Inspiriert vom Film *Das Messer im Kopf.*

# Pizzeria

Etwas geschieht.

Da steht nur ein Glas *Lambrusco* vor dir, also Rotwein, aus Trauben gepresster, vergorener Saft, mehr nicht.

Doch, du weißt, dass es Blut ist, schäumendes, frisches, arterielles rotes Blut. BLUT! Mein Gott, was trinke ich da!

Eine stille Kerzenflamme.

Doch sie verwandelt sich in Feuer.

Du siehst dich brennend auf dem Scheiterhaufen schreien.

»Hexer, brenne!«, brüllen Stimmen von fern.

Messer und Gabel.

Das Messer wird zum Dolch, nein, es wächst zum Schwert. Köpfe rollen, Körper fallen sprudelnd zu Boden. So lautlos! Zeitlupenfall.

Und da sitzt doch ein Kerl an deinem Tisch, ja dort, genau dir gegenüber, so ein kleiner Dicker, isst doch tatsächlich mit Messer und Gabel. Nach Salat und Pizza kommt noch was. Der Kellner hebt den goldenen Deckel hoch.

EIN MENSCHENKOPF!

Mein Kopf!

Dieses fette Schwein grinst dich - deinen kopflosen Körper - an, haut dir die Gabel in die Augen. Dann bricht er mit seinen plumpen Fingern deinen Schädel auf.

Der will an mein Hirn!

Und meinen Geist und meine Seele, bekommt er die auch?, denkt es noch irgendwo einen winzigen Augenblick lang in dir.

# Rasender Wahn

Rasender Wahnsinn
in den Bergen
von Trr*

Im Tal
wohnen die Menschen
und warten

---

\*: Anmerkung des Herausgebers: *Trr* ist eine fremde, zukünfti-
ge Menschenkolonie irgendwo dort draußen, die Olaf sah. Oder
steht *Trr* so ganz vokallos einfach nur für Terra - Erde?

# Raus!

Du sitzt in einem kleinen Raum, den Licht von nirgendwo erhellt. Du schaust dich um.

Vor dir ist eine weiße Wand.

Du drehst dich um.

Da ist eine weiße Wand.

Auch rechts und links neben dir sind weiße Wände.

Du blickst empor, dann wieder zu Boden.

Überall um dich herum sind weiße Wände.

Du stehst auf und stellst dir selbst die längst überfällige Frage: »Wo ist denn hier die Tür?«

Eingesperrt in WAND und WEISS.

Du schreist um Hilfe und schlägst mit den Fäusten gegen die Wände. Sie geben seltsamerweise nach.

Du schreist noch immer, während es dir dämmert: Wände wie Gummi umgeben mich, weiche weiße Gummiwände.

Du sprichst es aus, mit abgehackter, irrer Stimme:

»I c h   w i l l   h i e r   r a u s !«

Dann sagst du es noch einmal, lauter jetzt:

»I c h   w i l l   h i e r   r a u s !!«

Schließlich schreist du es:

»I c h   w i l l   h i e r   r a u s !!«

Irgendwann sinkst du müde und verzweifelt nieder.

Du fällst auf weißen Boden (wohin sonst).

Dein Kopf sinkt dir auf die Brust.

Du hältst dich mit deinen Armen umschlungen.

Dein Blick haftet am Boden, am weißen Boden.

Wand, Wand, Wand, Wand, Wand, Wand, Wand!

»So weiß, weiß, weiß!«, summt es.

Überall weiße Wand.

Du schließt die Augen.

Wohltuende Dunkelheit.

Irgendwo fern in dir hörst du deinen letzten Schrei verklingen:

»I c h   w i l l   h i e r   r a u s !«
RAUS! RAUs! RAus! Raus! raus! aus ...«

(*Stille*)

# Regression

Und das Feuer kam.

Immer näher, immer schneller, immer schneller näher.

Flink wie die Wolke im Sturm, rasend wie ein Blitz - durchschlug es meine Stirn.

Ich fiel.

Schreiend und zuckend fiel ich in Wahnsinn und Erde.

»Mami!«, schluchzte ich und weinte in ihrem Schoß. Und meine Finger krallten sich in ihre warme und feuchte Oberfläche, die einst Stein und Leben war, die sich nun aber in Wasser, in Meer verwandelte.

Und wäre da ein Mensch und sähe ihm zu, der da noch immer, nein jetzt schon nicht mehr mit Menschenstimme nach seiner Mama ruft, die längst nicht mehr lebt, so sähe er nun, wie er sich zum Affen rückentwickelt und weiter schrumpft zum winzigen Insektenesser, dann Reptil, Amphibie wird und schließlich als Fisch im Wasser schwimmend entschwindet.

## Das rettende Seil

Sie rissen ihm das rettende Seil aus den Händen.

Also hatte er es schon ergriffen?

Nein!

Fast hätte er es noch erreicht.

Und niemand hörte seinen stillen Schrei.

Sturz in tiefste Tiefen - hinab in die Abgründe seiner Seele.

# Das Rütteln an den Stäben

Du rüttelst an den Stäben: »Ich will hier raus!«
Oder etwa rein?

Ja, rein. »Lasst mich rein, ihr Schweine!«
Oder doch etwa raus?

Du rüttelst an den Stäben: »Ich will hier raus!«

Irgendetwas stimmt hier ganz und gar nicht - in dieser Stadt.

Erst dieser Rütteltyp - mein Gott, der sieht ja aus wie ich! - und jetzt auch noch diese Kinoanzeigetafel, Manno-Mann, da ist nichts außer einem gähnenden schwarzen Loch.

Mensch, da ist irgendwas durchgebrochen, denkst du. Vielleicht was aus der Hölle, ein Dämon, ein Schatten oder etwa so'n Alien von sonst woher in unsere Welt hinein.

Sollen die anderen doch krepieren, denkst du. Das Ding ist hier, also gehe ich - wohin?

Du rüttelst an den Stäben deiner Welt, die dich umgibt und erhält: »Ich will hier raus!«, brüllst du, bis deine Stimme heiser wird und krächzend schließlich gänzlich verstummt.

Dann erst öffnest du wieder deine Augen.

O, ES schaut dich an, so interessiert an dir, wie es nie zuvor weder ein anderer Mensch noch sonst jemand war.

Dann beißt ES zu.

## Schleier über Wüstensand

Sanft und unbemerkt waren sie in dir aufgestiegen, die Schleier, die dich nun umhüllen.

Lange Jahre spürtest du nichts.

Doch nun fällst du unendlich langsam nieder, Zeitlupenfall unter den Strahlen des sengenden Sonn, hinab, hinab und immer weiter hinab, näher und näher dem heißen weißen Wüstensand.

Und dies alles tust du, ohne dass du davon weißt, mit hoch erhobenen, ausgestreckten Armen und Händen.

Und dies alles geschieht ohne einen Laut.

Und dies alles tust du mit offenem Mund.

Dann aber sind da keine Schleier mehr.

Dann ist die Zeit der Dunkelheit vorüber.

Dann ist da nur noch Licht.

Du lachst, ohne dass ein Laut von deinen Lippen kommt.

So laut lachst du.

So laut!

Doch niemand hört dir zu.

Damals nicht.

Auch heute nicht.

Und morgen?

Wer weiß?

Du hörst den Sand singen.

Also singst auch du, während deine Lippen ihn sanft küssen.

Wie brennend heiß sein Atem in deinem Gesicht doch ist!

Also singst du, bis dein Atem endet und dein Herz zu schlagen aufhört und dein Körper stirbt.

Singend steigst du nun in die sternenerfüllte Nacht empor.

Doch nie mehr schaust du zurück.

Und nie mehr wird wieder Erde unter deinen Füßen sein.

Jetzt bist du heimgekehrt.

# SIE

*Schafe blicken auf.*

Das war es, was er vor sich sah, der große, kleine Poet.

Das Buch mit diesem Titel hatte er nie gelesen, aber diese magischen Worte!

Blöken, schauen und nichts sehen, nichts verstehen, von unten aus dem Sumpf empor ins Licht, von unten!

Und nun sind es keine Schafe. Nun schaust *du* auf.

Mein Gott!

Gedanken rasen: Schafe - blicken - auf - Licht - Schwärze - ich bin - Schaf - wir alle - sind - Schafe - Menschen - blicken auf - und ...

Du blickst nicht mehr auf, sondern kniest auf nackter Erde.

Alles ist verbrannt, das ganze Land!

Nur das Scha... - der Mensch, du lebst noch, bedeckst deine Augen, bist äußerlich gänzlich unversehrt.

Dieses Licht! Diese Schwärze!

Und all die Farben und Klänge - unmögliche Geometrien - Lovecraft, fällt dir ein! Nichts stimmt mehr, nichts! Oben ist unten, ist Mitte, ist - schief - ist - Fallen - Schwindel - Drehen - ist Brausen in meinen Ohren, in mir.

Du bedeckst deine geschlossenen Augen mit den Händen. Dann nimmst du sie dort weg und legst sie über die Ohren.

Doch es nützt nichts, ist alles umsonst.

Du hast gesehen, du hast gehört ... und hast sie gerochen.

In dir rast der Wahnsinn:

Ich - ich - ich ...

Jetzt wälzt du dich im Staub, der weht empor, als käme da von irgendwoher ein Sog. So liegst du auf dem Bauch. Noch hältst du dich an Erde und Steinen fest, gräbst und krallst deine langgewachsenen Fingernägel ein.

IHR Lachen ist in dir. Es hallt, es dröhnt, es hört nicht auf. IHR Grölen schreit in dir. Es endet nie. Doch schlimmer als aller Hohn, als aller Spott ist IHR Weinen, ist IHRE Liebe, die deine Seele schmelzen lässt, denn jetzt bist du schwarz und brennst in IHREM Licht.

So schreist du und weinst und brüllst dein irres Lachen hinaus in die Leere.

Noch sind SIE über dir, DIE du nicht siehst, nicht sehen kannst, nicht sehen willst, nie mehr! Fern sind SIE und überall zugleich.

Mensch, denkt es in IHNEN. Sein Name ist Mensch!

Dann brechen die Räume in IHNEN auf.

SIE gleiten, schweben hinein. SIE sind gegangen.

Du aber bleibst unten im Staub der Erde, im Höllental zurück.

Nie mehr schaust du auf.

Mit gesenktem Blick kriechst du noch einige Jahre dahin, deinem irdischen Ende entgegen.

Blind warst du lange Zeit, einen Augenblick ein wenig sehend, blind bist du nun wieder geworden.

Zeit vergeht, rast im Flug dahin. Schon bist du alt.

Tausend Jahre wie ein Tag, denkst du noch.

Nein, Tausend Jahre mögen für SIE das sein, was für Menschen eine Sekunde ist. Doch macht das einen Unterschied bei den Jahrmilliarden, die dieses eine Weltall existiert?

Das sind deine letzten Gedanken, du stirbst.

## Sing ein Lied!

»Sing ein Lied! Sing ein Lied!«

Du tust es.

Doch was nützt es?

Dein Wahnsinn holt dich ohnehin ein.

Noch immer glaubst du zu singen.

Doch die anderen, die anders sind als du und die du für immer verloren hast, hören dich nicht singen, sondern voller Verzweiflung brüllen. Also rufen sie Hilfe herbei.

In deinen Ohren schreien sie.

Männer in weißen Kitteln kommen.

Du aber siehst DÄMONEN nahen.

»Nein!« schreist du. »Was tut ihr mit mir? Ihr Schweine! Wo bringt ihr mich hin? Das ist *mein* Traum! Nein! Ich will nicht!«

Dann bist du ruhig - gestellt. Du schreist nicht mehr. Denn du bist eingeschlafen - nach diesem Biss, den dir einer von IHNEN verpasst haben muss - ja, da war ein starker Schmerz an deinem rechten Arm. Deshalb haben DIE so grinsende Fratzen - die müssen Giftzähne wie Schlangen oder Spinnen haben!

Dann irgendwann beginnst du zu träumen.

Und niemand wird jemals erfahren, wovon?

# Das Sommerfest

Nein, es ist noch lange nicht zu Ende, das Sommerfest in diesem Jahr. Du aber bist auf dem Weg nach Hause, zu Fuß und leicht beschwingt vom roten Wein und müde.

Mitternacht ist längst vorüber. Doch du gehst zügig den Berg hinab. Links von dir erblickst du die Straßenlaternen. Schatten und Licht und grüngraues Laub der rauschenden Bäume. Still erhebt sich rechts neben dir die Gartenmauer aus rotem Stein, jetzt dunkel und grau.

Weiter gehst du, immer weiter, den Berg hinab, näher mit jedem Schritt deinem wartenden Bett zu Hause, weiter gehst du deiner nächtlichen Ruhe entgegen.

Doch da ... was?! (letzter Gedanke), kurzes Zucken und dann ... (Nacht).

Im Lauf gestoppt fällt dein Kopf gurgelnd und sprudelnd nach vorn.

Denn du hattest sie nicht bemerkt, die gut verborgene, die dünne Schnur aus Draht, die da unsichtbar für Menschenaugen von der Mauer bis zum Laternenmast quer über den Weg gespannt war (und noch immer ist).

Nun bist du tot und schaust vielleicht von oben herab. Und ist es so, dann siehst du jetzt dort unten den huschenden Schatten, den kichernden Zwerg aus dem Gebüsch springen und nach einem für ihn gewaltigen Satz schon auf der Schulter der seltsamerweise am Draht festhängenden Menschenleiche sitzen.

Erstarrte Zeit!

Doch nicht für Zwerge. Denn gierig saugt der winzige Wicht das sprudelnde Blut. Wow, tief reichen die Löcher, die seine Zähne reißen.

Dann, schnipp und schnapp, der Draht ist ab und fortgezerrt die Leiche.

Noch fließt da eine dunkle Masse, setzt deinen Weg nach Hause noch einige Zentimeter weit fort.

Wenige werden auf den letzten Zeugen der Tat treten. Keiner wird etwas merken.

Und das Fest läuft noch immer, bis in den frühen Morgen hinein: Lauschen und Laufen, Ruhe im Lärm und Liebe bisweilen.

## Stimme der Nacht

Da ist die Stimme dicht neben dir, die dir nur die eine Frage stellt:

»W e r   b i s t   d u ?«

Schock.

Schreist deine Angst in die schweigende Nacht hinaus: »Wer?«

»Wo bist du?«, flüsterst du dann ein wenig später, denn da ist niemand hinter, neben und auch nicht vor dir. Du lauschst und wartest vergeblich auf Antwort.

Dann erklingt die Stimme wieder dicht neben dir, die dir nun keine Frage mehr stellt, sondern flüsternd in deinen Ohren und sich immer tiefer bohrend dich beschimpft und ihre kränkenden Worte spricht.

Sie weiß ja schon alles, denkst du, warum fragt sie mich dann noch?

Alle Fehler, die du hast, zählt sie dir nun spottend auf und lacht: »Sportskanone mit verbogener Wirbelsäule, ha, eine Hühnerbrust hast du ja auch, schwaches Bindegewebe, genetischer Defekt, Marfan hieß doch der Typ, der es entdeckte, so hat das Syndrom ja seinen Namen und ist schon fast geheilt, haha, keine Kinder, keine Frau, kein Haus, kein Auto, keine Urlaubsreisen, keinen Job, da bist du ja ein toller Kerl! Und Spinnen hältst du als Haustiere, hahaha. Das ist ja immerhin was. Die schmecken ja vorzüglich, empfehle ich auch dir als Proteinnotration für schlechte Zeiten.«

## Tag für Tag

Aus den Nebeln der Tage flogen mir zu
winkender Ruf und ...

Aus den Träumen der Wälder fielen herab
singendes Summen und ...

So ging ich dahin Tag für Tag.
Und in der Nacht, da legte ich mich nieder.
So sprang die Zeit mir durchs Gesicht.
So ging ich weit, so ging ich lang, bis dass Feuer Löcher in meine Lungen brannten.
So ging ich weiter und schritt und schritt den Weg, den alle gehen.
Und in den Kreis brach ein mein Lachen. Zitternder Schrei.
Und wie ein Meer an Felsen schlägt, so pocht mein Herz hier und da und überall.
Dort sterbe ich, bin tot, bin Tod den anderen und töte.
Hier und dort und überall aber tasten sie noch immer taub, blind und weinend in mir voran:

MENSCHEN

Aus den Nebeln der Tage fliegen mir zu
winkender Ruf und Lachen

Aus den Träumen der Wälder fallen herab
singendes Summen und
kichernder Wahnsinn
- hihihihihihihi-

## Das Tor

Du, der du die Leere nicht kennst, du, der du von tausend Dingen gefangen bist, du, der du da an der Oberfläche all der scheinbar gleichen Tage zuckst und zappelst, jetzt, jetzt, JETZT geschieht es, jetzt hörst du - dein winziges Ich sitzt vor dem Tor und weint - die Wellen des Nichts an die Ufer branden.

Einen kleinen Schritt machst du noch.

Dann sind sie schon in dir.

Und endlos hallt dein Schrei: »Aaaaaaaaaaaaaaaaaaa
aaaaaaaaaaaaaaaaaaaaaaaaaaaaaaaaaaaaaaaaaaaaaaaaa
aaaaaaaaaaaaaaaaaaaaaaaaaaaaaaaaaaaaaaaaaaaaaaaaa
aaaaaaaaaaaaaaaaaaaaaaaaaaaaaaaaaaaaaaaaaaaaaaaaa
aaaaaaaaaaaaaaaaaaaaaaaaaaaaaaaaaaaaaaaaaaaaaaaaa
aaaaaaaaaaaaaaaaaaaaaaaaaaaaaaaaaaaaaaaaaaaaaaaaa
aaaaaaaaaaaaaaaaaaaaaaaaaaaaaaaaaaaaaaaaaaaaaaaaa
aaaaaaaaaaaaaaaaaaaaaaaaaaaaaaaaaaaaaaaaaaaaaaaaa
aaaaaaaaaaaaaaaaaaaaaaaaaaaaaaaaaaaaaaaaaaaaaaaaa
aaaaaaaaaaaaaaaaaaaaaaaaaaaaaaaaaaaaaaaaaaaaaaaaa
aaaaaaaaaaaaaaaaaaaaaaaaaaaaaaaaaaaaaaaaaaaaaaaaa
aaaaaaaaaaaaaaaaaaaaaaaaaaaaaaaaaaaaaaaaaaaaaaaaa
aaaaaaaaaaaaaaaaaaaaaaaaaaaaaaaaaaaaaaaaaaaaaaaaa
aaaaaaaaaaaaaaaaaaaaaaaaaaaaaaaaaaaaaaaaaaaaaaaaa
aaaaaaaaaaaaaaaaaaaaaaaaaaaaaaaaaaaaaaaaaaaaaaaaa
aaaaaaaaaaaaaaaaaaaaaaaaaaaaaaaaaaaaaaaaaaaaaaaaa
aaaaaaaaaaaaaaaaaaaaaaaaaaaaaaaaaaaaaaaaaaaaaaaaa
aaaaaaaaaaaaaaaaaaaaaaaaaaaaaaaaaaaaaaaaaaaaaaaaa
aaaaaaaaaaaaaaaaaaaaaaaaaaaaaaaaaaaaaaaaaaaaaaaaa
aaaaaaaaaaaaaaaaaaaaaaaaaaaaaaaaaaaaaaaaaaaaaaaaa
aaaaaaaaaaaaaaaaaaaaaaaaaaaaaaaaaaaaaaaaaaaaaaaaa
aaaaaaaaaaaaaaaaaaaaaaaaaaaaaaaaaaaaaaaaaaaaaaaaa
aaaaaaaaaaaaaaaaaaaaaaaaaaaaaaaaaaaaaaaaaaaaaaaaa!!!«

## Trinität

Genie und Wahnsinn, das sind zwei.

Und auch bei der Liebe sind es unter Menschen, mindestens zu Beginn - Mann und Frau, Frau und Frau, Mann und Mann - auch nur zwei.

Alle zusammen aber bilden die Trinität:

Genie

Liebe

Wahnsinn

# Trommelndes Sein

Du trommelst mit deinen Fäusten gegen die Wand.

Und das hallt und schlägt und dröhnt in deinen Ohren!

Du schreist: deine Lippen öffnen sich, und deine Zunge zuckt im Mund. Doch deiner Kehle entspringt kein Ton, also gelangt da auch kein Laut an deine Ohren. »Ich will hier raus!«, flüsterst du im Geist in die Leere dieser Welt.

Auf der anderen Seite der Mauer aber steht einer, der lauscht.

Niemals wird er deinen Schrei hören. (Wie sollte er auch?)

Schau hin, du bist es ja selbst, der dort draußen lauscht!

Wer aber ist dann der, der da drinnen lautlos schreit?

Ich bin es, ich bin er!, denkst du verwundert und schaust von oben auf den dort draußen. Ja, auch das bin ich, einmal auf dieser, einmal auf der anderen Seite der Mauer. Zweimal winzig gibt es mich dort unten, und dann noch einmal hier oben, macht zusammen drei.

Aber wer von uns ist innen und wer ist außen?

Und was ist oben und was unten?

Und dort hinter dem schreienden, trommelnden Mann sitzt ja noch einer schweigend und lächelnd auf der Erde.

Er sieht, er hört, er meditiert.

Er ist ich, ich bin er.

## Türschilder

*Betreten*
*auf eigene Gefahr!*

Diesen Text kennen wir ja.
Doch den folgenden kennen wir nicht:

*Hier beginnen*
*die schreienden Räume*
*die auch*
*die lächelnden sind!*

# Der Vampir

»Kein Wunder und keine Magie, nur etwas Biologie«, sprach lächelnd der Vampir zum Opfer, das sich so gut gewappnet hatte, mit allen bekannten Mitteln, so gut und doch vergeblich!

»Selektion! Sie verstehen?

Noch nicht?

Nun gut, ich hole weiter aus: Einst wurden wir von Knoblauch, Kreuz und anderen Dingen gebannt. Doch einige unter uns erwiesen sich als resistent.

Sehen Sie, jetzt dämmert es Ihnen allmählich. Apropos Dämmerung! Abenddämmerung. Das ist geblieben, wie es war: Mit der Nacht wächst die Macht in uns.

Ja, viele verhungerten, aber die wenigen, die überlebten ... sie sind unsere Väter und Mütter.

Sehen Sie, und deshalb schützt Sie jetzt nichts und hilft Ihnen niemand! Und deshalb beiße ich sie *jetzt*!«

# Wähle!

Auf den Toiletten der Buchhändlerschule in Frankfurt Seckbach - er war gerade am Pinkeln - geschah es.

ES tauchte in seinem Rücken auf. ES war aus einem der anderen Klos emporgestiegen.

Er spürte etwas und drehte seinen Kopf herum.

Dort stand ES triefend und stinkend und grinste ihn an.

Er konnte sich nicht rühren, der Strom des Urins verebbte. Alles da unten krampfte sich zusammen.

Doch ES sprang ihn nicht an, zerfetzte ihn nicht mit einem Hieb seiner dolchförmigen Klauen, sondern sah ihn noch immer grinsend an.

Und wie gebannt, dann völlig hypnotisiert sah er IHM in die Augen.

Und ES zeigte ihm seine Zukunft, zeigte ihm alle Leiden, die auf ihn warteten, ginge er seinen Lebensweg so weiter, wie er ihn beschritt.

Doch ES log, denn es gibt Kreuzungen und Abkürzungen und Zufälle, vieles ist nicht vorherbestimmt.

Doch ES log, denn ES zeigte ihm nur seine Leiden und all seine Schmerzen, seine Enttäuschungen, nur dies, in konzentrierter Form, mit geballter Wucht, zeigte ihm, wie er schließlich qualvoll an Krebs sterben würde.

Dann brachen die Bilder ab.

»Oder dies«, sprach ES lächelnd in ihm und zeigte ihm den ins Unendliche gedehnten Augenblick der Ekstase, des Orgasmus mit jauchzender Seele, und dann, kaum wahrnehmbar, das blitzschnelle Ende im Höhepunkt der Lust.

»Wähle!«, flüsterte ES.

Er nickte und drehte sich gänzlich um.

Und ES, das triefende Monster, verwandelte sich in

die Frau seiner Träume. Duftend und lächelnd kam sie näher und umhüllte ihn zart mit Mund und Schoß und nahm ihn in sich auf.

Dann in ihrem ersten / in seinem Höhepunkt - er sah es nicht - wandelte sie sich wieder in das Monster zurück.

ES biss ihm den Kopf ab, so, wie es bisweilen auch gewisse Gottesanbeterinnen mit ihren Männern tun.

Zitternd vor Ekstase fraß ES - aß sie dann den Rest seines Körpers und verzehrte auch seine Seele.

Nichts blieb von ihm in dieser Welt zurück.

# Die Waffe

Plopp!

Wie ein schallgedämpfter Schuss.

Und in schreiendem Wahnsinn rannten die getroffenen Menschen in alle Richtungen davon, stoben auseinander, voran die Jugend, hinten selbst hinkende Greise.

Irgendwer hatte die Waffe gebraucht.

Es war die Waffe der Stille.

Kein Ton drang nun mehr auf die Opfer ein.

Ihre Walkmen blieben stumm.

Ihr lärmendes Leben war tot.

So kam der Wahnsinn zu ihnen.

Denn wer erträgt heute noch die Stille?

Sie ertrugen sie keine Minute!

Einer aber stand dankbar lächelnd im Zentrum der sich immer weiter ausbreitenden Wellen.

Er und wenige andere andernorts liebten die Stille.

Er und wenige andere überlebten den neuen Krieg.

# Wahn singt

»Erwacht, erwacht!«

Da ist ein Singen, Springen durch die Nacht - die Nacht.

Bricht auf der Traum der Träume.

Du beginnst zu schreien, dein Mund und deine Kehle, dein Gehirn und deine Seele. Dann löst du dich weinend auf.

Alles stirbt und geht in einer Wolke aus Staub dahin.

Andere jedoch singen, springen durch die Nacht - die Nacht.

Noch immer aber sind da diese Klänge in dir.

»Es ... Ich ... werde ... geboren werden sie in mir - aus mir!«

Du atmest sie aus: Welten schreiender, lachender, stöhnender, sterbender Wesen.

So breitet sich der Wahnsinn aus.

Sie beten dich an - als ihren Gott.

Du aber kicherst.

Und so schlägt dir das feurige Schwert dein Haupt vom Rumpf.

Was habe ich getan?, denkst du noch ein letztes Mal, dann Schwärze.

Und diese, deine aus dir geborenen Welten treiben, gottlos nun - im Nichts.

# Wahnsinn

Wahnsinn steht dir in den Augen
Wirbelnd-summender Lichtersound
Zuckend schwingt er in dein Hirn
Zerbricht dein Ich in tausend Scherben

Dann erfasste dich der Schwindel, ließ dich taumelnd torkeln durch den Raum.

Es war nicht der trommelnde immer wiederkehrende Synthe-Trance-Sound dort draußen, nein, es war die Stimme in deinem Kopf, das Flüstern war es, das dich zermalmte.

Dann waren da noch die Schreie aus deinem Mund.

Und erst deine Beine! Sie begannen zu laufen, sie rannten und rannten und nahmen dich mit.

Schon waren sie zur Tür hinaus, die Treppe hinab, hinunter auf die Straße gerannt und mitten hinein in den brüllenden Verkehr der Stadt.

Jetzt hast du es geschafft. All das Stadtgetümmel liegt nun hinter dir. Hier auf dieser stillen Wiese im Mondinlicht bist du - o nein! - wärst du allein, wenn *sie* nicht wären.

Sie rufen, rufen und rufen, sie rufen dich!

Also hast du es nicht geschafft.

Hin zu den Stimmen, zu den Stimmen der Motoren, zu ihrem Dröhnen, zu den Schreien aus ihren Mündern.

»Komm, werde einer von uns!«, singen sie in deinen Ohren, in deinem Hirn, tief in dir.

Du verschmilzt mit ihnen, wer immer sie auch sind.

# Wand

Dort saß er. Nein, nein, er saß da nicht so einfach rum.

Ja, er tat etwas.

»Was?«, fragst du.

Er schlug seinen Kopf gegen die Wand, wieder und wieder, immer und immer wieder: Bumm bumm bumm ...

Wo?

Irgendwo in einem Hügelland, in dem noch eine Mauer stand.

Irgendetwas schrie er, irgendwas - aber was? - in die weiße, bröckelnde Wand.

»Ich will hier ...!«, hörten wir, verstanden wir.

Schrie er mehr? Wollte da etwas »raus«? Woraus denn wohl, wenn da doch gar kein Gefängnis war?

»Holt ihn da weg!«, rief einer von uns.

Doch keiner von uns konnte sich rühren. Starr starrten wir alle nur. Stumm waren wir geworden und sprachen von nun an nie mehr ein Wort.

Und Dämmerung fiel ins Land.

Er aber schlägt noch immer seinen Kopf gegen die Wand, im immer gleichen Rhythmus.

In unseren Ohren dröhnt die Trommel seines schlagenden Kopfes.

Schamane!

Blut spritzt. Er beginnt zu singen: »Ho-a, ho-a, ho-a.« (HO, der Schlag, und A zurück.) »Ho-a, ho-a, ho-a.«

Und die Erde beginnt zu beben.

Tausend Trommeln tönen, Tausend Köpfe schlagen an eine sich ins Endlose verlängernde Wand.

Feuer lodern neben den Schamanen auf, in die das Blut ihrer schlagenden Köpfe spritzt.

Wir aber bleiben stumm. Mit offenen Mündern - »Oooh!« - stehen wir versteinert da, verzaubert vom magischen Lied aus trommelnden Köpfen , knisternden Flammen und spritzenden Strömen von Blut.

Schnurrend und sich an unsere Beine schmiegend naht eine grau-schwarze, jetzt blau phosphoreszierende Katze.

Vor ihr verneigen sich die Schamanen. Ihr bringen sie ihr Opfer. Deshalb tun sie das, was sie tun.

Denn sie, die jetzt dort oben auf dem Hügel sitzt, ist die Herrin dieser magischen Berge

Und die Nacht singt noch immer ihre brennenden Lieder.

# Was war geschehen?

»Was ist mit ihm?«

»Was tut er da?«

»Und was geschah zuvor?«

Dies alles willst du wissen.

Er schrie!

Er rannte!

Schreiend rannte er die Straße hinunter, stieß Passanten zur Seite.

Nicht aufzuhalten war der Mann!

Viele (alle?) drehten sich um:

Kein Blut!

Schade.

Kein Messer!

Wo bleibt denn da die Sensation?

Keine Knarre in der Hand!

Niemand war hinter ihm her.

Du tippst dir an den Kopf: Durchgedreht, der Typ! Völlig durchgeknallt! Armer Irrer!

Und schon ist er an dir vorüber.

Schreiend rast er aus der Stadt.

Und niemand sah ihn jemals wieder.

# Zu spät

»Ich brauche keinen GOTT, denn ich bin es selbst!«, sagt der Christ - nicht, doch handelt er so, betet schon lange nicht mehr und geht vielleicht sogar noch ein paar Mal in die Kirche.

»Es gibt keinen Gott! Nein! Wir brauchen keinen Gott!«, ruft der Mensch hinaus - ins Nichts.

Will nichts erwarten, wartet doch, wartet auf den Widerhall, eine Antwort, die Bestätigung seiner selbst.

Dann dreht er sich um, schaut auf aus seiner Selbstversenkung und erblickt die Welt, *seine* Welt?

Und er sieht Steine und Krater.

Sucht andere Menschen, findet sie nicht.

Sucht andere Tiere, findet sie nicht.

Sucht andere Lebewesen, Pflanzen, findet sie nicht.

Denn da ist alles tot!

Und er schreit zum zweiten Mal: »Das ist meine Welt! Hier bin ich Gott! Ich will Menschen!«

Doch nichts ist da, das antworten kann. Nur die Felsen werfen es zurück, das letzte Wort:

»Menschen menschen menschen schen en en.«

»Nein!«, brüllt er da auf. »Ich bin Gott! Ich bin mehr als Tier!«

»Tier tier ier ie ...«, ist der Widerhall.

Also springt er herum, schlägt und wütet ... zerstört seine Kleidung, die ihm noch ein wenig Schutz gegen die giftige Luft gewährt.

Und sie strömt herein, bringt Erlösung von der Qual der totalen Einsamkeit.

Also haucht er sein Leben aus, haucht: »O ich Gott, was habe ich mit meiner Welt getan! Was habe ich nur getan!«

Von den Kraterrändern aber dröhnt es: »Gott ist tot. Er ist mit seinen Kindern gestorben. Hört doch, ihr Steine, es gibt keinen Gott! Gott ist tot! Es lebe ein neuer Gott! Du, Gebirge, sei unser Gott - Gott der Felsen und Minerale! Aber ach! Nein! Bleibe lieber einer von uns, nicht Gott, bleibe Stein unter Steinen!«

So geschah es.

Denn die Steine sind weise. Sie erkannten, dass kleine Götter große Schwächen haben, dass sie anfällig für Größenwahn sind, dass sie herrschen wollen und in ihrer Machtgier nicht merken, wenn ihnen »ihre« Welt, die sie nie besaßen, völlig entgleitet. Und falls sie es jemals begreifen, ist es bereits zu spät.

# Epilog

## Mein Ich

Und durch die Zeit
es schreit
und lacht und weint
und ...

# Anhang

Endlich mal 'ne Story, Roman oder was auch immer, die haut voll rein. Meine Fresse! Schwarzer Einband, einiges laues Alltagsblabla, aber dann ... Scheiße zwar, dass die Höllenhunde ihn nicht erwischen, diesen Helden, der ist doch nur stark, weil er das Schwert hat! Aber rennen lernt der auch noch, und wie, hahaha! Dann ein paarmal großes Gemetzel. Ja, diese Samurai, die hatten was drauf. Das geht ab und macht einen an! Und das beste kommt erst noch. Drefman heißt der Typ, schwarz wie die Nacht, und wirklich mächtig. Der gibt's aber diesem Mickermagier Manfred, diesem heulenden Jammerlappen, Möchtegern-Conan und Gandalf in einem. Scheiße nur, dass er die Braut nicht richtig vögeln kann, aber so von unten rein mit dem schwarzen Schwert durch die Fotze, das bringts doch auch, oder nicht? Und dann höre ich doch von diesem Rainar, dass es noch weitergeht und dieser Manfred auch noch sein verdientes Ende findet. Drefman wird ihn allemachen, das ist sicher!

Olaf Olsen,
*Der Höllenbote*

## Von Olaf Olsen sind erschienen

*Die Meere des Wahnsinns.* Wenn sich die Grenzen verschieben. Original: 72 Seiten mit 23 Abb. von Dr. Rainar Nitzsche, ISBN 978-3-930304-30-1 sowie E-Book und TB.

*Höllen-Fahrten-Leben-Träume.* Alltäglicher und wahrer Horror auf Erden und andernorts. Original: 156 Seiten mit 51 Abb. von Dr. Rainar Nitzsche, ISBN 978-3-930304-31-8 sowie E-Book und TB.

*ES bricht hervor aus dir.* Horrorgeschichten und -gedichte. Das dritte Buch vom „Irren" aus der P(f)alz. Original: 102 Seiten mit 42 Fotokunstwerken von Rainar Nitzsche, ISBN 978-3-930304-49-3 sowie E-Book und TB.

## Bücher von Rainar Nitzsche

### Fantastische Kurzprosa

*Ruf der Mondin.* Lieder der Nacht. 62 Seiten, ISBN 9783980210256 sowie als E-Book erhältlich.

*Im Licht der Vollen Mondin.* 132 Seiten, ISBN 9783930304042 sowie als E-Book erhältlich.

*Mondin-Schein und Sein.* 176 Seiten, 50 handsignierte, nummerierte Exemplare, ISBN 9783930304127 sowie als E-Book erhältlich.

*ATON Vater Sonn.* Taggeschichten. 184 Seiten, 50 handsignierte, nummerierte Exemplare, ISBN 9783930304097 sowie als E-Book erhältlich.

*Spiegelwelten deiner Seele.* Spiegelgeschichten. 125 Seiten, 2. überarbeitete Auflage ISBN 9783741252006 sowie als E-Book erhältlich. 1. Auflage: 50 handsignierte, nummerierte Exemplare, ISBN 9783930304271.

*Still riefen uns die Sterne.* Kosmische Geschichten, 164 Seiten, 50 handsignierte, nummerierte und weitere Exemplare, ISBN 9783930304295 sowie als E-Book erhältlich.

*Von Engeln, Erleuchtung und Ewigkeit.* Meditative Kurzprosa. 3. überarbeitete Auflage, 149 Seiten, ISBN 9783741266621

und E-Book. Rainar Nitzsche / Harald Fuchs, 2. Auflage, 144 Seiten, ISBN 9783930304783.

*Das Schlafende steht auf aus Seinen Träumen.* Fantastische Kurzprosa. 204 Seiten, ISBN 9783930304776 sowie E-Book und TB.

*Spinnentraumgespinste.* Spinnenträume und Spinnenbegegnungen. 2. überarbeitete Auflage. 164 Seiten, ISBN 9783930304707.

**Die Pfadwelten**

Die fantastische Reise von Manfred, einem Magier mit der Fähigkeit sich in andere Lebewesen zu verwandeln. Sein Weg durch die Bioregionen der Erde: Suche nach seiner großen Liebe. Kampf mit einem schwarzen Wesen aus der Welt T-Her:

*Der Leuchtende Pfad des Magiers.* PFAD 1, 186 Seiten, handsigniert, nummeriert, limitiert auf 200 Exemplare, ISBN 9783930304035 sowie Neuauflage als Taschenbuch ISBN 9783743113763 und E-Book.

*Wandlungen der Drei.* PFAD 2. 194 Seiten, handsigniert, nummeriert: 50 Exemplare, ISBN 9783930304134 sowie Neuauflage als Taschenbuch ISBN 9783743196001 und E-Book.

*Wüsten-Berges-Himmels-Weiten.* PFAD 3, 180 Seiten, handsigniert, nummeriert, limitiert auf 50 Exemplare, ISBN 9783930304172 sowie Neuauflage als Taschenbuch ISBN 9783743159600 und E-Book.

*Ins All - Im Eins.* PFAD 4. 208 Seiten, handsigniert, nummeriert, limitiert auf 50 Exemplare, ISBN 9783930304141 sowie Neuauflage als Taschenbuch ISBN 9783743172883 und E-Book.

*Der Schneckenkönig* von Alexa E. Bach. Erinnerungen an die Zeit vor seiner Seelenreise (PFAD 4). Suche eines intelligenten Schneckenwesens nach seinen Untertanen in einer menschenleeren Welt, die von Ameisenvölkern beherrscht wird. 76 Seiten, ISBN 9783842355873 und E-Book.